Margret Rettich

Tierpraxis Doktor Schimmel

CIP-Titelaufnahme der Deutschen Bibliothek

Rettich, Margret:
Tierpraxis Doktor Schimmel: Geschichten von einem ganz besonderen Tierarzt und seinen Patienten / Margret Rettich.
5. Aufl. – Bindlach: Loewe, 1989
ISBN 3-7855-1821-8

ISBN 3-7855-1821-8 – 5. Auflage 1989

Umschlag und Zeichnungen: Rolf Rettich
Satz und Druck: Druckhaus Bayreuth
Printed in Germany

Inhalt

Doktor Schimmel
und Fräulein Maus

Hinten im letzten Haus ist immer viel Betrieb.

Die Haustür geht auf, die Haustür geht zu, vom Morgen bis zum Abend.

Da trampeln drei Elefanten um die Ecke. Eine Schildkröte schleicht hinterher. Ein Frosch hüpft durch die Tür. Fledermäuse flattern herbei. Ein Kaninchen hoppelt an ihnen vorbei. Ein Krokodil keucht die Stufen hoch und tritt fast auf ein paar Ameisen.

Manche Tiere haben einen weiten Weg hinter sich. Sie kommen aus Afrika und sogar aus Bayern. Andere kommen aus dem Wald oder nur von nebenan.

Merkwürdig ist, daß nur Tiere kommen.

Niemals kommt ein Mensch.

Aber vielleicht ist das gar nicht so merkwürdig, denn hinten im letzten Haus wohnt Herr Doktor Schimmel. Er ist Tierarzt. Tiere gehen eben zum Tierarzt. Menschen gehen zum Menschenarzt. Allerdings ist Doktor Schimmel kein gewöhnlicher Tierarzt. Gewöhnliche Tierärzte wissen zwar, daß bei Tieren der Kopf vorn und der Schwanz hinten ist. Sie schienen gebrochene Haxen und heilen zerkratzte Nasen. Sie haben Pillen gegen Würmer und gegen Durchfall. Manchmal geben sie auch eine Spritze. Dann können die Tiere nicht fragen, wogegen die Spritze ist. Gewöhnliche Tierärzte kennen sich mit der Tiersprache nicht aus. Sie können grade noch „Wau wau“ und „Miau“ unterscheiden. Gewöhnliche Tierärzte sind nämlich Menschen.

Doktor Schimmel ist ein besonderer Tierarzt.

Er kann alles, was andere Tierärzte auch können. Aber er kann noch viel mehr. Er kann mit den Tieren reden. Er versteht, was sie sagen, und antwortet so, daß sie ihn verstehen.

Doktor Schimmel ist nämlich selbst ein Tier. Er ist ein weißes Pferd. Er hat eine Sprechstundenhilfe. Sie heißt Fräulein Maus, und sie ist auch eine.

Es hat sich schnell unter den Tieren herumgesprochen, daß Doktor Schimmel der beste Tierarzt ist. Jeden Tag ist das Wartezimmer gerammelt voll. Die Tiere sitzen dicht gedrängt und warten, bis sie an der Reihe sind.

Heute sitzen im Wartezimmer

ein dicker, fetter Dackel,
ein erschöpfter Wellensittich,
eine Katze und eine Maus,
ein ratloser Hase,
ein trauriges Igelkind,
ein winzig kleines Tier,
ein Huhn, eine Ente und viele Küken,
eine Giraffe und ein Affe,
eine Kuh mit Schluckauf,
ein nacktes Schaf,
ein sanfter Löwe,
eine aufgeregte Eule,
eine unglückliche Schwalbe,
ein langhaariger Rassehund,
ein durchgedrehter Kater
und eine verknotete Schlange.

Ein dicker, fetter Dackel

„Der nächste, bitte!“ sagt Doktor Schimmel.

Fräulein Maus läßt einen dicken, fetten Dackel herein.

Doktor Schimmel schüttelt den Kopf.

„Sie sind viel zu dick und viel zu fett. Das ist nicht gesund“, sagt er. „Ich verschreibe Ihnen Tabletten. Nehmen Sie täglich eine. Essen Sie aber sonst gar nichts. Bald werden Sie rank und schlank sein.“

Der Dackel schnauft böse: „Wer sagt denn, daß ich rank und schlank sein will? Ich gefalle mir gut, so dick und fett. Mir gefällt nicht, daß meine Beine immer kürzer werden. Sehen Sie, mein Bauch hängt schon auf der Erde. Er schleift, wenn ich gehe. Darum möchte ich ein Mittel, daß meine Beine wieder wachsen.“

Doktor Schimmel sieht sich den Dackelbauch an. Der sieht wirklich schlimm aus. Er platzt fast. Zudem ist er fast nackt, denn das Fell ist abgewetzt.

Doktor Schimmel reibt den Dackelbauch mit Salbe ein, und der Dackel strampelt empört mit seinen kurzen Beinchen.

„Weiter kann ich nichts für Sie tun“, sagt Doktor Schimmel, „es gibt kein Mittel, daß Dackelbeine wachsen.“

Der Dackel schnauft: „So ein Mist! Dabei geht es mir sonst so gut. Ich habe guten Appetit und kann gut schlafen. Und wenn meine Beine länger wären, würde ich spazierengehen, so wie früher.“

„Ich hab's“, sagt Doktor Schimmel, „wo sind Sie spazierengegangen, früher?“

„Immer rund um den Stadtpark“, sagt der Dackel.

Doktor Schimmel sagt: „Buddeln Sie sich rund um den Stadtpark eine Rinne, grade breit genug für Ihren Bauch. Dann können Sie so spazierengehen, daß der Bauch in der Rinne liegt.“

„Keine schlechte Idee“, sagt der Dackel und schleift hinaus.

Nach einer Woche ist er wieder da. „Ich bin es“, sagt er, denn Fräulein Maus hat ihn nicht erkannt.

Der dicke, fette Dackel ist jetzt rank und schlank.

„Ich sehe, es geht Ihnen besser“, sagt Doktor Schimmel.

„Es geht mir viel schlechter“, stöhnt der Dackel, „diese Rinne rund um den Stadtpark hat eine mächtige Arbeit gemacht. Als ich sie fertiggebuddelt hatte, war mein schöner Bauch weg. Was soll ich jetzt mit der Rinne anfangen? Ich brauche sie nicht mehr. Ebensogut kann ich daneben laufen, denn auch meine Beine sind wieder lang geworden.“

„Seien Sie froh und laufen Sie nebenher“, sagt Doktor Schimmel.

„Nein, das sehe ich nicht ein“, sagt der Dackel, „ich will mich nicht vergebens abgemüht haben. Nun will ich meinen Bauch auch in die Rinne hängen. Geben Sie mir ein Mittel, daß ich schnell wieder dick und fett werde.“

„Da gibt es nur ein Mittel: Essen Sie immerzu“, sagt Doktor Schimmel.

Und zu Fräulein Maus sagt er: „Diesem Dackel kann auch ich nicht helfen.“

Ein erschöpfter Wellensittich

„Der nächste, bitte!“ sagt Doktor Schimmel.

Da fliegen drei Tauben herein. Hinter ihnen her flattert ein erschöpfter Wellensittich.

„Wer von Ihnen ist nun krank?“ fragt Doktor Schimmel.

„Der da“, gurren die Tauben und zeigen auf den Wellensittich.

Doktor Schimmel sieht sich den armen Kerl an. Die Augen fallen ihm fast zu, die Schwanzfedern sind geknickt, das grüne Gefieder ist zerzaust. Er kann kaum noch japsen.

Doktor Schimmel stellt ihm Wasser und Körner hin.

Sofort wollen die Tauben darüber herfallen.

„Bitte halten Sie sich zurück“, sagt Doktor Schimmel,

„sonst muß ich Sie hinauswerfen." Die Tauben verziehen sich beleidigt auf die Gardinenstange.

Der erschöpfte Wellensittich trinkt ein wenig und pickt ein paar Körner. Danach hat er sich etwas erholt.

„Wieso sind Sie in diesem erbärmlichen Zustand?" fragt Doktor Schimmel.

Ehe der Wellensittich antworten kann, fahren die Tauben dazwischen: „Er ist selber schuld. Tagelang hat er uns hinter seinen Fensterscheiben beobachtet. Dann stand das Fenster ein wenig auf. Plötzlich ist er hinter uns hergeflogen. Dabei hatte er keine blasse Ahnung, wie sich ein Vogel in der Stadt verhalten muß. Erst kam er fast unter ein Auto, weil er hinter einer Fliege her war. Dann ließ er sich um ein Haar von Schulkindern einfangen. Schließlich vergiftete er sich beinahe an Abfällen aus der Mülltonne. Und hätten wir ihn nicht vom Dach der Straßenbahn geholt, hätte er einen Schlag bekommen und säße gar nicht mehr hier. Seit wir ihn am Hals haben, macht er uns nur Scherereien."

„Stimmt das, was die Tauben sagen?" fragt Doktor Schimmel.

Der Wellensittich nickt. Er sagt: „Sie müssen verstehen, wie mir zumute war. Meist war ich im Käfig eingesperrt. Manchmal durfte ich im Zimmer umherfliegen, wenn man das fliegen nennen kann, so von einer Wand zur anderen. Die Tauben flogen draußen vor meinem Fenster herum, mal flogen sie fast bis in den

Himmel, mal landeten sie unten auf der Straße, mal pickten sie gegen mein Fenster. Sie machten, was sie wollten. Ich aber mußte still auf der Fensterbank sitzen. Ich wollte auch nach draußen. Können Sie das verstehen?"

Doktor Schimmel nickt, und Fräulein Maus nickt ebenfalls.

Der Wellensittich fährt fort: „Und dann stand das Fenster offen. Vielleicht hat es der Wind aufgedrückt, wer weiß. Ich bin einfach hinausgeflogen, immer hinter den Tauben her. Aber nun habe ich den Schnabel voll. Alles ist mir viel zu aufregend. Ich will wieder nach Hause und in meinem Käfig meine Ruhe haben."

Doktor Schimmel sagt: „Da haben Sie ganz recht, nicht jedem bekommt das freie Leben. Picken Sie sich hier richtig satt, daß Sie Kraft haben. Dann fliegen Sie nach Hause, und alles wird wieder gut."

„Eben nicht", sagt der Wellensittich und pickt traurig ein Korn, „denn ich finde das Haus nicht mehr."

„Aber das gibt es doch nicht", sagt Doktor Schimmel, „nehmen Sie sich zusammen. Überlegen Sie genau. Von wo sind Sie hergekommen?"

„Von da", sagt der Wellensittich und zeigt nach draußen.

Dort stehen mindestens zehn Hochhäuser.

Jedes hat mindestens zehn Stockwerke.

Jedes Stockwerk hat mindestens zehn Fenster.

Das sind mindestens tausend Fenster insgesamt.

Jetzt ist Doktor Schimmel ebenso ratlos wie der Wellensittich.

Plötzlich sagt Fräulein Maus: „Heißen Sie etwa Hansi?“

„Ja“, sagt der Wellensittich, „ich heiße Hansi.“

„Dann wohnen Sie im dritten Hochhaus, achter Stock, zweites Fenster von links“, sagt Fräulein Maus.

Doktor Schimmel staunt. Er sagt: „Seit wann können Sie hellsehen?“

„Überhaupt nicht“, sagt Fräulein Maus, „aber ich kann Zeitung lesen. Heute früh habe ich ein Inserat gefunden. Darin stand: Lieber Hansi, wo bist du? Komm wieder! Wir lassen das Fenster für dich offen. Und darunter stand die Adresse.“

„Vielen Dank, ich fliege schon“, sagt der Wellensittich. Dann ist er fort.

Doktor Schimmel sagt zu den Tauben: „Aber nun verführen Sie ihn nicht noch mal!“

„Keine Angst“, gurren die Tauben, dann sind auch sie verschwunden.

Eine Katze und eine Maus

„Der nächste, bitte!“ sagt Doktor Schimmel.

Fräulein Maus hilft einer Katze herein.

Die Arme hinkt auf drei Pfoten, auf den Hinterpfoten und auf der linken Vorderpfote.

Die rechte Vorderpfote steckt zwischen den Gittern einer Mausefalle. In der Falle piepst eine Feldmaus.

Die Katze hebt die Pfote mitsamt der Falle und jammert: „Doktor, befreien Sie mich von dem Ding hier.“

„Sofort“, sagt Doktor Schimmel, nimmt eine Zange, biegt die Gitterstäbe auseinander und zieht die Katzenpfote heraus. Er besieht sie von allen Seiten, reibt sie mit Salbe ein und wickelt einen Verband herum.

„Es ist nicht so schlimm. Morgen springen Sie wieder auf allen vier Pfoten“, sagt er.

Fräulein Maus sagt zur Katze: „Sie sind fertig. Sie können gehen."

„Ich bleibe noch", sagt die Katze, setzt sich vor die Falle und sieht die Feldmaus an.

Doktor Schimmel sieht die Feldmaus auch an und sagt: „Sie können gut durch die verbogenen Stäbe herauskommen."

„Ich denke gar nicht daran", piepst die Feldmaus, „dann schnappt mich ja die Katze."

Doktor Schimmel sagt ungeduldig: „Draußen warten noch viele andere Tiere. Entweder Sie kommen nun heraus, oder Sie bleiben drin."

„Das geht auch nicht", piepst die Maus, „wenn ich drinbleibe, muß ich verhungern und meine Kinderchen dazu, um die sich niemand kümmert."

„Was wollen Sie nun, rein oder raus?" sagt Doktor Schimmel.

„Ich weiß nicht", piepst die Maus.

Doktor Schimmel ist ratlos.

Aber zum Glück fällt ihm etwas ein. Er geht an seinen Arzneischrank und holt eine Flasche. Die schiebt er der Maus durch die Gitterstäbe. „Einreiben", sagt er.

„Was?" fragt die Maus.

„Alles, von vorn bis hinten", sagt Doktor Schimmel.

Da reibt sich die Maus von der Nasenspitze bis zum Schwanz kräftig mit dem Zeug ein, das in der Flasche ist.

„Nun kommen Sie heraus“, sagt Doktor Schimmel.

„Ich traue mich nicht“, piepst die Feldmaus.

„Nur zu, keine Bange“, sagt Doktor Schimmel

Vorsichtig schlüpft die Maus durch die Gitterstäbe.

Mit einem Satz ist die Katze da und beißt zu.

Die Feldmaus quiekt erschrocken auf.

Aber die Katze hat sie schon wieder losgelassen. Sie spuckt und schimpft: „Pfui Spinne, wie ekelhaft, diese Maus schmeckt ja gallebitter. Sie ist vollkommen ungenießbar für mich.“

Doktor Schimmel gibt der Feldmaus die Flasche und sagt: „Reiben Sie sich und Ihre Kinderchen täglich damit ein. Dann wird Ihnen keine Katze etwas tun.“

„Danke, Doktor“, piepst die Feldmaus und huscht mit der Flasche davon.

„Das ist ungerecht, Doktor“, sagt die Katze, „was soll ich essen, wenn die Mäuse bitter schmecken? Soll ich verhungern?“

„Keinesfalls“, sagt Doktor Schimmel, „Ihnen verschreibe ich für eine gewisse Zeit Dosenfutter!“

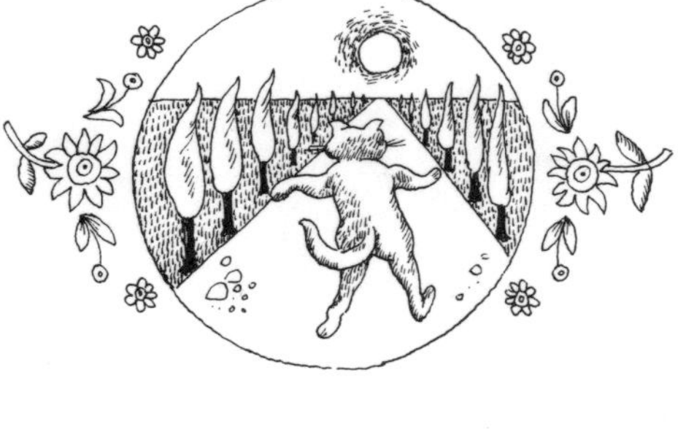

Ein ratloser Hase

„Der nächste, bitte!“ sagt Doktor Schimmel.

Da hoppelt ein Hase herein und sagt: „Ich bin der Osterhase.“

„Ach, wie nett“, ruft Fräulein Maus.

Der Hase sagt zu Doktor Schimmel: „Darf ich Sie bitte unter vier Augen sprechen ohne diese Dame?“

Doktor Schimmel schickt Fräulein Maus nach draußen und fragt: „Was haben Sie auf dem Herzen?“

Der Hase hat ein kleines Paket in den Pfoten. Irgendwas hat er in ein Salatblatt eingewickelt. Er gibt es Doktor Schimmel und wispert: „Es geht nämlich um das da.“

Doktor Schimmel wickelt das Salatblatt auseinander. Auf dem Blatt liegen ein paar kleine braune Kügelchen.

„Soso, darum geht es also“, sagt er, „soweit ich sehe, ist alles in Ordnung damit.“

„Eben nicht, Doktor“, wispert der Hase, „es müßten nämlich große Schokoladeneier sein und nicht diese kleinen Dinger da. Weil ich doch der Osterhase bin.“

„Machen Sie sich keine Gedanken“, sagt Doktor Schimmel, „Sie sind ein ganz gewöhnlicher Hase, das ist gar keine Schande. Was Sie mitgebracht haben, ist genau das, was gewöhnliche Hasen so machen. Wie kommen Sie nur darauf, daß Sie der Osterhase sind?“

Der Hase erzählt: „Es begann am letzten Sonntag. Ich hatte mich in einen Garten geschlichen. Dort knabberte ich an den Salatspitzen. Sie sind jetzt im Frühjahr besonders zart und lecker. Neben mir lag unter einem Busch ein Nest mit großen Schokoladeneiern. Daraus mache ich mir nichts, Salat ist mir lieber. Darum habe ich es nicht weiter beachtet. Plötzlich kamen die Kinder. Ich blieb vor Schreck stocksteif sitzen, weil ich nicht mehr ausreißen konnte, ohne daß sie mich entdeckt hätten. Diese Kinder liefen überall umher. Sie suchten was. Zuerst fanden sie das Nest mit den Schokoladeneiern. Aber gleich danach fanden sie mich. Sie schrien immerzu: ‚Der Osterhase, der Osterhase, er hat diese tollen Eier gelegt.‘ Dabei hatte ich sie nicht gelegt, wirklich nicht.“

„Ich weiß“, sagt Doktor Schimmel, „und wie ging es weiter?“

Der Hase sagt: „Jetzt kam der große Mensch. Ich wußte nicht, wohin. Wenn wir fliehen, knallen große Menschen manchmal hinter uns her, das ist sehr gefährlich. Ich blieb also lieber unbeweglich sitzen. Der große Mensch sagte zu den Kindern: ‚Wenn das wirklich der Osterhase ist, dann wollen wir ihn nicht vertreiben. Dann darf er bei uns Salat knabbern, soviel er will.‘ “

„Aha“, sagt Doktor Schimmel, „jetzt verstehe ich Sie. Sie möchten gern der Osterhase sein, um ungehindert so viel Salat zu knabbern, wie Sie wollen.“

„Das ist es, Herr Doktor“, sagt der Hase, „und seitdem übe ich. Denn als Osterhase muß ich natürlich Schokoladeneier legen. Aber immer kommt nur das hier.“

Der Hase zeigt mit der Pfote auf die kleinen, braunen Kügelchen.

„Was soll ich nur tun? Gibt es kein Mittel?“ fragt er.

Doktor Schimmel wiegt den Kopf hin und her.

Er sagt: „Wenn ich Ihnen einen guten Rat geben darf: Trauen Sie nie, wenn Menschen etwas versprechen. Heute haben sie Spaß am Osterhasen. Morgen verlangen sie einen Hasenbraten. Bleiben Sie ein normaler Hase wie bisher, und gehen Sie den Menschen aus dem Weg. Wenn Sie Appetit auf Salatspitzen haben, schleichen Sie sich nachts in den Garten, dann schlafen die Menschen.“

„Das ist ein guter Rat“, sagt der Hase und hoppelt hinaus.

Doktor Schimmel ruft Fräulein Maus wieder herein und sagt: „Der Hase ist fort.“

Fräulein Maus sagt: „Wie schade, daß es nicht der Osterhase war. Dann hätte er für mich Schokoladeneier gelegt!“

Ein trauriges Igelkind

„Der nächste, bitte!“ sagt Doktor Schimmel.

Fräulein Maus bringt ein Igelkind herein.

„Was tut dir weh?“ fragt Doktor Schimmel.

„Nichts“, sagt das Igelkind traurig, „ich möchte nur meine Stacheln loswerden. Können Sie die, bitte schön, abrasieren?“

„Das könnte ich schon“, sagt Doktor Schimmel, „aber ein Igelkind ohne Stacheln, weißt du, ist übel dran. Das frißt der Fuchs oder die Katze oder sonstwer, denn es ist viel zu langsam, um wegzurennen. Weil es so langsam ist, hat es die Stacheln als Schutz. Verstehst du?“

Das Igelkind nickt. Es sagt: „Genauso hat es mir meine Mama auch erklärt. Aber ich will die Stacheln trotzdem nicht.“

„Und warum nicht?“ fragt Doktor Schimmel.

„Weil die andern darum nicht mit mir spielen. Sie sagen, ich pieke“, sagt das Igelkind.

„Wer sind die andern?“ fragt Doktor Schimmel.

„Die Kaninchen, der Dachs und das Eichhörnchen“, sagt das Igelkind. „Alle spielen miteinander, nur ich darf nicht mitmachen. Wenn sie Fangen spielen, sagen sie, ich steche. Wenn sie Verstecken spielen, sagen sie, ich kratze. Und wenn sie nur so beisammen sitzen, muß ich weggehen. Immer muß ich zugucken, nie darf ich mitmachen. Ich will endlich mitspielen. Ich will keine Stacheln mehr haben.“

„Armes Kleines“, sagt Fräulein Maus, „ich weiß was für dich.“

„Fräulein Maus“, sagt Doktor Schimmel, „geben Sie hier keine guten Ratschläge, sondern machen Sie, was ich sage. Rühren Sie bitte einen Eimer voll Lehm an, recht weich und naß.“

„Jawohl, Herr Doktor“, sagt Fräulein Maus. Sie holt aus dem Arzneischrank eine Tüte Trockenlehm. Den rührt sie mit Wasser zu einem weichen Brei.

Doktor Schimmel steckt das Igelkind in den Eimer, bis nur noch die Nase herausguckt. Dann setzt er es auf den Boden.

Er sagt: „Beweg dich nicht, bis du trocken bist.“

Nach einer Weile ist der Lehm fest. Das Igelkind ist so rund wie ein Ball. Alle Stacheln sind verborgen.

Doktor Schimmel sagt: „Nun lauf zu den anderen. Jetzt werden sie bestimmt mit dir spielen.“

Das Igelkind kann sich kaum auf den Beinchen halten, so schwer ist es. Aber es sagt artig: „Danke schön“, und stolpert hinaus.

Am Nachmittag ist es wieder da.

Es heult.

Der Lehm hat überall Sprünge. Er ist vorn und hinten abgeplatzt. Dort kommen die Stacheln wieder hervor.

„Was ist los?“ fragt Doktor Schimmel, „haben die andern mit dir gespielt?“

„Viel zuviel,“ schnieft das Igelkind, „ich will meine Stacheln wiederhaben.“

„Nanu, warum denn?“ fragt Doktor Schimmel.

Das Igelkind erzählt: „Als ich in unseren Wald kam, haben die Kaninchen, der Dachs und das Eichhörnchen gerufen: ‚Wo kommt der schöne runde Ball her?‘ Sie haben den ganzen Tag mit mir gespielt. Sie haben mich geworfen und gefangen und sogar als Fußball getreten. Sie haben nicht gehört, wenn ich gerufen habe: ‚Ich bin es, laßt uns bitte Fangen und Verstecken spielen.‘ Und darum will ich meine Stacheln wiederhaben.“

„Das habe ich geahnt“, sagt Fräulein Maus.

Doktor Schimmel hält das Igelkind unter den laufenden Wasserhahn.

Bald ist der Lehm heruntergewaschen.

Das Igelkind sieht sich traurig an.

„Nun werden sie nicht mehr mit mir Ball spielen", sagt es, „aber andere Spiele darf ich auch nicht mitmachen."

„Du darfst", ruft Fräulein Maus und sagt zu Doktor Schimmel: „Bitte, ziehen Sie einen Socken aus."

„Erlauben Sie mal", ruft Doktor Schimmel.

„Bitte", sagt Fräulein Maus noch einmal.

Da zieht Doktor Schimmel seinen linken Socken aus. Fräulein Maus schneidet vier kleine Löcher hinein. Dann streift sie den Socken über das Igelkind. Vorn sieht sein Kopf heraus und durch jedes Loch eins der kleinen Beine.

„So spielen sie bestimmt mit dir", sagt Fräulein Maus, „und wenn du einmal groß bist und deine Mama nicht mehr auf dich aufpaßt, ziehst du den Socken einfach wieder aus. Dann hast du deine Stacheln wieder."

„Danke schön, Fräulein", sagt das Igelkind, und es saust so schnell davon, wie Igelkinder sausen können.

Ein winzig kleines Tier

„Der nächste, bitte!“ sagt Doktor Schimmel.

„Ich bin dran“, gackert ein Huhn.

„Nein, ich“, ruft eine Giraffe.

„Erst komme ich“, sagt eine Stimme.

„Wo sind Sie, bitte?“ fragt Doktor Schimmel.

„Das ist es ja“, sagt die Stimme, „niemand sieht mich. Ich bin zu klein. Ich werde immer übersehen. Darum möchte ich groß sein. Warum sind Elefanten so riesig? Wie stellen sie das an? Gibt es ein Rezept?“

Doktor Schimmel sagt: „Es gibt kein Rezept. Ich zum Beispiel bin groß und stark geworden, weil ich immer Hafer gegessen habe.“

„Igitt, ich mag keinen Hafer. Die Körner sind viel zu groß für mich“, sagt die Stimme.

„Nun“, sagt Doktor Schimmel, „sicher gibt es noch andere Möglichkeiten, um groß und stark zu werden. Wie wäre es mit Sport und Gymnastik?“

„Ich treibe Sport, ich treibe Gymnastik, ich bin ein berühmter Springer. Aber ich wachse keinen Millimeter dabei“, sagt die Stimme.

Doktor Schimmel sagt: „Dann finden Sie sich damit ab, daß Sie so klein sind. Machen Sie das Beste draus. Sicher hat es auch Vorteile, so winzig zu sein und nicht gleich entdeckt zu werden. Versuchen Sie einmal, sich trotzdem bemerkbar zu machen.“

„Wie denn?“ sagt die Stimme.

„Irgendwie“, sagt Doktor Schimmel, „es wird Ihnen schon etwas einfallen.“

In diesem Augenblick piepst Fräulein Maus erschrokken auf und rennt im Zimmer umher.

Doktor Schimmel fragt nicht, was mit ihr ist. Er springt auf allen vier Hufen in die Luft.

Nun wälzt sich Fräulein Maus auf dem Rücken und zuckt mit den Barthärchen.

Doktor Schimmel dreht sich siebenmal um sich selbst.

Dann steht Fräulein Maus erschöpft auf, und Doktor Schimmel reibt sich die Augen.

„Was war das?“ fragt er.

„Es war ganz schrecklich“, sagt Fräulein Maus, „es zwickte mich zuerst ins Ohr, dann in den Bauch und dann ins Hinterbein.“

ABCD
1234

„Mich piekte es in die Nase und in den Hals und biß mich dann in die Zunge“, sagt Doktor Schimmel.

„Doktor“, stöhnt Fräulein Maus, „haben wir beide eine neue, unbekannte, ansteckende Krankheit?“

„Aber das war doch ich“, sagt die Stimme, „ich habe mich nur ein wenig bemerkbar gemacht, wie Sie mir geraten haben.“

Fräulein Maus ruft empört: „Dann weiß ich endlich, wer Sie sind. Sie sind ein ganz gemeiner Floh!“

„Das bin ich“, sagt der Floh.

Doktor Schimmel sagt: „Beschweren Sie sich nicht, daß Sie zu klein sind und daß niemand Sie bemerkt. Sie können ja Elefanten zum Hopsen bringen!“

„Was will ich eigentlich mehr“, sagt der Floh, „ich will mich nicht mehr beklagen. Und wissen Sie, was das beste ist, wenn man so klein ist wie ich?“

„Was denn?“ fragt Doktor Schimmel.

Der Floh sagt: „Jetzt krieche ich irgendeinem Tier draußen im Wartezimmer in den Pelz und lasse mich nach Hause tragen.“

Ein Huhn, eine Ente und viele Küken

„Der nächste, bitte!“ sagt Doktor Schimmel.

„Bitte einzeln eintreten“, ruft Fräulein Maus, denn zugleich drängen eine Ente, ein Huhn und eine Menge Küken herein.

„Wir gehören zusammen“, schnattert die Ente.

„Wir haben den gleichen Kummer“, gackert das Huhn.

Doktor Schimmel sagt: „Es betrifft vermutlich diese Kinder.“

„Ja, Herr Doktor“, schnattern und gackern Huhn und Ente.

„Trotzdem der Reihe nach“, sagt Doktor Schimmel, „Frau Huhn bitte zuerst.“

„Ach, Herr Doktor“, sagt das Huhn, „bis jetzt hatte

ich in jedem Frühjahr mindestens sechs Kinder und hatte niemals Kummer mit ihnen. Sie wuchsen fröhlich heran, und bald konnte ich die Hähnchen von den Hühnchen unterscheiden. Die Hähnchen bekamen winzige rote Kämme und krähten leise. Alle hatten gelben Flaum und wurden später so weiß wie mein Mann und ich. In diesem Jahr ist alles anders. Sehen Sie sich diese Kinder an.“

Doktor Schimmel sieht sich die sechs Küken an und schüttelt den Kopf.

„Nicht wahr“, sagt das Huhn, „Sie wundern sich auch. Solche Kinder hatte ich noch nie. Sie sind grau. Sie haben viel zu lange Hälse. Sie scharren nicht im Sand, auch wenn ich es ihnen vormache. Sie könnten es gar nicht, sie haben so merkwürdige Füße. Aber das Schlimmste ist, daß sie mir davonlaufen und ins Wasser springen. Wenn ich am Ufer stehe und nach ihnen rufe, dann tauchen sie sogar. Mir wird himmelangst dabei. Nie hat eines von meinen anderen Kindern so etwas getan.“

„Ungewöhnlich, in der Tat“, sagt Doktor Schimmel, und er sagt zur Ente: „Nun bitte zu Ihnen.“

Die Ente sagt: „Herr Doktor, ich bin eine ganz junge Ente. Dies sind meine ersten Kinder. Ich war ganz verliebt in sie, als sie aus dem Ei schlüpften. Sie waren wie kleine Wollebällchen. Sie sind immer noch lieb, aber sie benehmen sich nicht wie richtige Entenkinder. Das sagen die alten Entenmütter mir jeden Tag. Sie sind wasserscheu. Hat man je von wasserscheuen Enten gehört? Ich schäme mich, wenn ich mit ihnen an den Teich komme. Gestern hat mein Mann, der Enterich, sie einfach hineingeschubst. Ich mußte sie retten, sie wären mir sonst ertrunken."

Doktor Schimmel sieht sich die Küken an und schüttelt den Kopf.

„Sie finden das auch bedenklich, Herr Doktor", sagt die Ente, „und mein Enterich macht mir Vorwürfe, daß keins der Kinder sein buntes Gefieder geerbt hat. Er hat eine blaue Brust, einen weißen Halskragen und einen grünen Kopf. Er ist ein schöner Mann. Auch ich bin nicht grade häßlich, wenn auch nur einfach gescheckt. Doch nun sehen Sie sich diese Kinder an. Eins genau wie das andere und alle einfarbig langweilig."

Doktor Schimmel sieht sich die Ente und die Entenkinder noch genauer an.

Er sieht sich das Huhn und die Hühnerkinder ganz genau an.

Dann fragt er: „Wohnen Sie gemeinsam auf einem Bauernhof?"

„Natürlich", sagt das Huhn, „wir sind die besten Freundinnen."

Die Ente ruft: „Weil ich zum erstenmal gebrütet habe, durfte ich sogar neben meinem lieben Huhn sitzen. Wir haben uns Mut und Ausdauer zugesprochen."

Das Huhn fährt fort: „Manchmal haben wir sogar gewechselt, daß es nicht zu langweilig wurde. Dann habe ich auf den Enteneiern gesessen und die Ente auf meinen Hühnereiern.“

„Zuletzt hatten wir ganz kribblige Hinterteile“, ruft die Ente.

„Wir hatten es satt, in der dunklen Scheune zu sitzen, während draußen die Sonne schien“, ruft das Huhn.

„Dann haben wir ziemlich oft gewechselt“, sagt die Ente.

„Aha“, sagt Doktor Schimmel, „also daran lag es.“

„An unseren kribbligen Hinterteilen?“ schnattert die Ente und gackert das Huhn.

„Nicht daran“, sagt Doktor Schimmel, „sondern daran, daß Sie zuletzt ungeduldig und schlechtgelaunt waren. Sie haben nicht mehr darauf geachtet, auf welchem Nest Sie grade saßen. Als die Kleinen dann ausschlüpften, wurden sie verwechselt.“

„Verwechselt?“ rufen Huhn und Ente.

„Ganz recht“, sagt Doktor Schimmel. „Sehen Sie sich die Kinder einmal genau an. Die Hühnermutter hat Entenkinder, und die Entenmutter hat Hühnerkinder.“

Die Ente und das Huhn sehen sich die Kinder an.

Dann schreien sie: „Sie haben recht, Herr Doktor.“

Das Huhn nimmt ihre Hühnerkinder unter die Flügel.

Die Ente watschelt um die Entenkinder herum.

Eine Giraffe und ein Affe

„Der nächste, bitte!“ sagt Doktor Schimmel.

Eine lange Giraffe kommt herein. Sie muß den Hals krumm machen, denn die Tür ist zu niedrig.

„Guten Tag“, sagt die Giraffe zum Garderobenständer. Dann setzt sie sich auf den Papierkorb.

Hinter ihr her hinkt ein kleiner Affe.

„Wer von Ihnen beiden ist krank?“ fragt Doktor Schimmel.

„Natürlich der Affe, nicht ich“, sagt die Giraffe zur Stehlampe.

„Sind Sie verletzt?“ fragt Doktor Schimmel, „Sie humpeln ja.“

„Ja, leider“, sagt der Affe, „als ich auf eine Palme geklettert bin und mir eine Kokosnuß angeln wollte, hat

Aber die Kleinen piepsen und schreien. Sie wollen keine andere Mutter haben.

„Was sollen wir nur machen“, rufen die Ente und das Huhn.

„Bleiben Sie alle zusammen als eine große Familie“, sagt Doktor Schimmel, „aber passen Sie bitte im nächsten Jahr besser auf.“

„Bestimmt werden wir das“, sagen die Ente und das Huhn.

Dann marschiert das Huhn voraus, und die Ente läuft hinterher.

Dazwischen trippeln alle Kinder durcheinander. Die kleinen Enten schnattern, die Hühnchen gackern und die Hähnchen krähen.

„Auf Wiedersehen“, sagt Fräulein Maus.

mich eine Schlange in den Schwanz gebissen. Ich konnte ihn zum Glück wieder aus ihren Zähnen ziehen, doch seither ist er krumm.“

Doktor Schimmel sieht sich den Schwanz an, schient ihn und wickelt einen Verband herum.

Er sagt: „Der Schwanz wird wieder heil. Aber warum hinken Sie? Sie laufen doch nicht auf dem Schwanz.“

„Ich fiel natürlich von der Palme, als ich den Schwanz aus dem Schlangenrachen zerrte“, sagt der Affe.

„Und dabei haben Sie sich ein Bein gebrochen“, sagt Doktor Schimmel.

„Keineswegs“, sagt der Affe. „Ich habe mir die Hand verstaucht.“

Doktor Schimmel sieht sich die Hand an, schient sie und wickelt einen Verband herum. Er sagt: „Die Hand wird wieder heil. Aber darum hinken Sie doch nicht.“

„Natürlich nicht“, sagt der Affe, „ein Elefant trampelte auf mein linkes Bein, als ich mit der verstauchten Hand und mit dem krummen Schwanz dalag.“

Doktor Schimmel sieht sich das linke Bein an, schient es und wickelt einen Verband herum.

Er sagt: „Das Bein wird wieder heil. Sie haben ja noch das andere, auf dem Sie hüpfen können.“

„Welches andere?“ fragt der Affe. „In das rechte Bein hat mich ein Krododil gebissen, als ich das linke Bein, die Hand und den Schwanz ins Wasser hielt, um alles zu kühlen.“

Doktor Schimmel sieht sich das linke Bein an, schient es und wickelt einen Verband herum.

Doktor Schimmel sagt: „Nun verstehe ich auch, warum die Giraffe mitgekommen ist. Sie wird Sie sicher heimtragen. In einigen Wochen ist alles geheilt, und Sie können wieder selbst laufen."

Die Giraffe sagt beleidigt zur Personenwaage: „Ich bin zu meinem Vergnügen mitgekommen, aber nicht, um mich abzuschleppen. Wo komme ich denn da hin?"

„Da kommen Sie ans Fenster und stürzen gleich hinaus", ruft Fräulein Maus hinter der Giraffe her.

Die Giraffe dreht sich um und stößt gegen Doktor Schimmel. Sie schnuppert etwas an ihm herum und beißt dann in seinen Kittelknopf.

„Was suchen Sie, bitte?" fragt Doktor Schimmel.

„Ich suche den Türknopf, denn ich will gehen", sagt die Giraffe.

„Warten Sie einen Augenblick", sagt Doktor Schimmel, „mir scheint, auch Sie sind nicht ganz in Ordnung."

„Ich bin völlig in Ordnung", sagt die Giraffe und stolpert über den Tisch.

„Was mag sie haben, Doktor", fragt Fräulein Maus, „hoffentlich keine Halsschmerzen, das Verbandzeug ist fast alle."

„Sie ist kurzsichtig", sagt Doktor Schimmel.

Er fragt die Giraffe: „Haben Sie keine Schwierigkeiten, wenn Sie Blätter von den Bäumen knabbern?"

„Nur ein wenig“, sagt die Giraffe, „neulich habe ich eine Fahne von einem Mast gegessen. Und einmal habe ich mir an einem Kran die Zähne ausgebissen. Ich habe auch schon Telegrafenmasten erwischt, aber von den Drähten wird man nicht satt.“

„Da haben wir es“, sagt Doktor Schimmel. „Ich müßte Ihnen eine Brille verschreiben. Leider gibt es keine Giraffenbrillen. Darum verordne ich Ihnen anstelle einer Brille diesen Affen. Er wird auf Ihrem Kopf sitzen und Sie an die schönsten Palmen lenken. Dann können Sie sich satt knabbern.“

Und zum Affen sagt Doktor Schimmel: „Sie sitzen dann hoch genug, um mit einer Hand nach den Nüssen zu angeln. Außerdem sind Sie oben sicher vor Elefanten und Krokodilen. So ist Ihnen beiden geholfen.“

Er hebt den Affen auf den Kopf der Giraffe.

„Hier geht's lang, bitte den Hals einziehen“, sagt der Affe.

Die Giraffe marschiert geradewegs auf die Tür zu. Sie bückt sich, aber leider nicht tief genug.

So bekommt der arme Affe zuletzt auch noch einen Verband um den Kopf.

Eine Kuh mit Schluckauf

„Der nächste, bitte!“ sagt Doktor Schimmel.

Fräulein Maus zerrt eine Kuh herein, die sieht ziemlich krank aus.

Doktor Schimmel fragt: „Was ist es? Magenverstimmung? Schnupfen? Kopfweh?“

Die Kuh schüttelt zu allem den Kopf. Dabei zuckt sie ständig am ganzen Körper.

„Schüttelfrost? Felljucken? Nerven?“ fragt Doktor Schimmel weiter.

Die Kuh schüttelt den Kopf. Sie sagt: „Schluckblubbauf.“

„Bitte was?“ fragt Doktor Schimmel.

„Blubbschluckblubbaufblubb“, sagt die Kuh und zuckt.

„Sie hat Schluckauf, Herr Doktor“, sagt Fräulein Maus.

„Aha“, sagt Doktor Schimmel. Er horcht die Kuh von hinten nach vorn und von unten nach oben mit seinem Hörrohr ab. Die Kuh sagt: „Blubb“ – und noch mal „blubb“ – und wieder „blubb.“

Doktor Schimmel schüttelt sorgenvoll den Kopf. Er klopft die Kuh von hinten nach vorn und von unten nach oben mit seinem Hämmerchen ab. Die Kuh macht: „Blubb, blubb, blubb“.

„Der Schluckauf wird schneller“, sagt Fräulein Maus.

Doktor Schimmel hat bedenkliche Falten auf der Stirn. Nun knetet er die Kuh, von vorn nach hinten, von unten nach oben. Die Kuh macht: „Blubblubb-blubb.“

„Jetzt blubbt sie ganz schnell“, ruft Fräulein Maus.

Die Kuh muß den Mund aufmachen, ganz weit. Doktor Schimmel sieht sich den Hals von innen an. Dann langt er hinein.

„Da drin ist etwas“, sagt er, und die Kuh macht: „Blubb.“

Er steckt die Zange, die eigentlich zum Zahnziehen da ist, tief in den Kuhhals. Dann versucht er es mit seinem Spazierstock.

„Können Sie es nicht herausangeln?“ fragt Fräulein Maus.

„Angeln!“ ruft Doktor Schimmel. Er holt einen Bind-

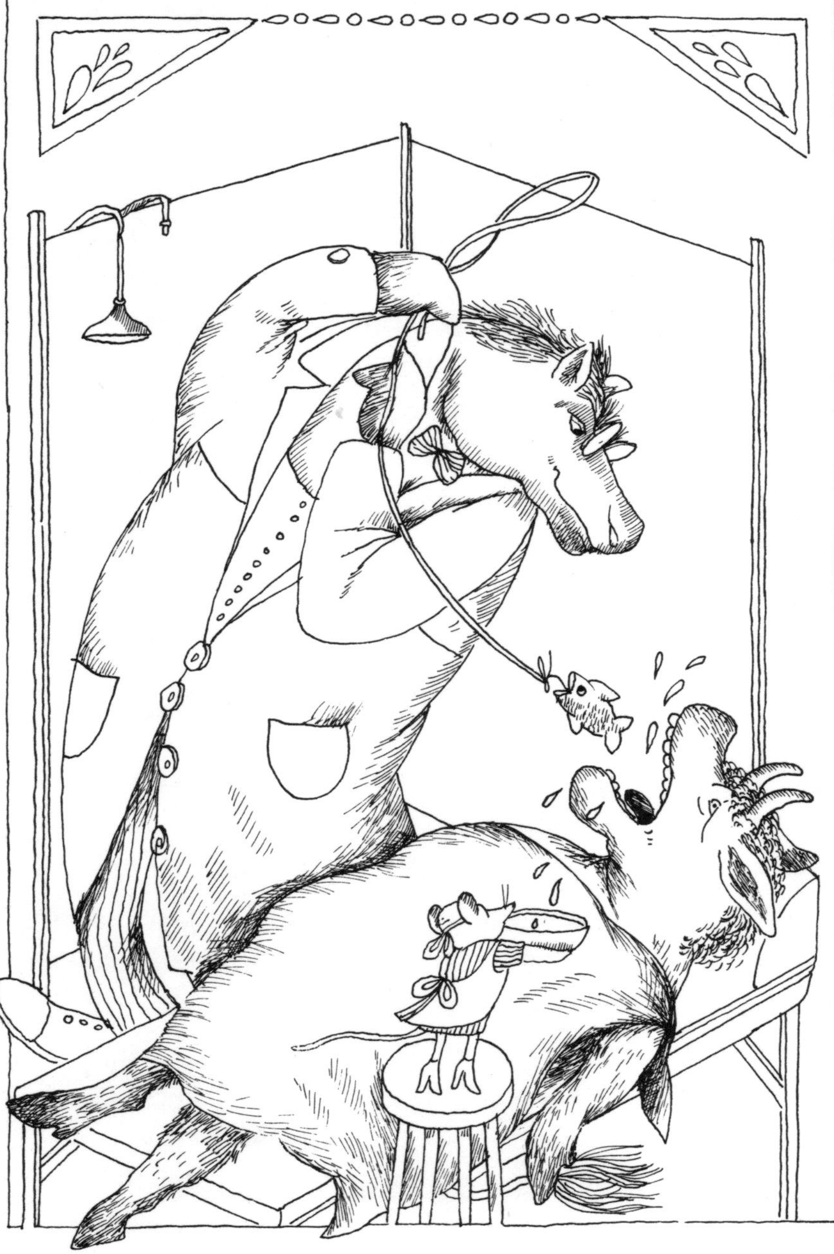

faden. Daran knüpft er einen Haken. Den muß die Kuh schlucken.

Sie macht „blubb“, und Doktor Schimmel zieht am Faden einen Fisch heraus.

„Schnell einen Eimer Wasser her“, ruft Doktor Schimmel, und Fräulein Maus wirft den Fisch hinein.

Die Kuh steht ganz still da und glotzt.

Dafür sagt der Fisch nun: „Blubb.“

„War das mein Schluckauf?“ fragt die Kuh.

„Das war er“, sagt Doktor Schimmel, „wo haben Sie ihn verschluckt?“

„Im Teich“, sagt die Kuh.

„Blubb“, sagt der Fisch, „die Kühe kommen jeden Mittag und trinken in unserm Teich. Sie ist die gierigste. Wir verstecken uns vor ihr. Diesmal hat es mich erwischt. Sie hat mich einfach verschluckt. Unerhört! Blubb, blubb.“

„Haben Sie es gut überstanden?“ fragt Doktor Schimmel.

„Langsam erhole ich mich“, sagt der Fisch und schwimmt ein paar Runden im Wassereimer. „Aber, blubb, im Kuhmagen war es unerträglich, diese Mischung aus Gras und Wasser, dazu die Dunkelheit und diese Hitze, blubb, blubb. Doch am schlimmsten war die Schaukelei – ich werde leicht seekrank. Ich habe gestrampelt und immerzu gerufen: ‚Blubb, blubb, blubb.‘ Je mehr ich strampelte, um so mehr lief sie umher. Zuletzt war ich wie von Sinnen und machte ununterbrochen blubbblubbblubbblubbblubb."

„Ja, genug", sagt Doktor Schimmel, „daß Sie den Kopf verloren haben, ist in Ihrer Lage verständlich. Aber nun vergessen Sie alles, was Sie erlebt haben. Bald werden Sie wieder daheim sein."

Dann sagt Doktor Schimmel zur Kuh: „Da Sie sicher wieder auf die Weide gehen, kommen Sie auch am Teich vorbei. Bitte nehmen Sie den Eimer mit und kippen Sie ihn dort aus."

Die Kuh nimmt den Eimer ins Maul und trabt davon.

Der Fisch ruft noch einmal: „Blubb!"

„Blubb, blubb", rufen Doktor Schimmel und Fräulein Maus hinterher.

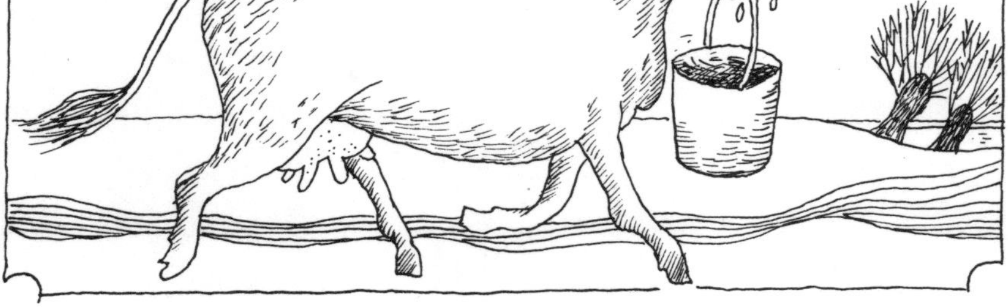

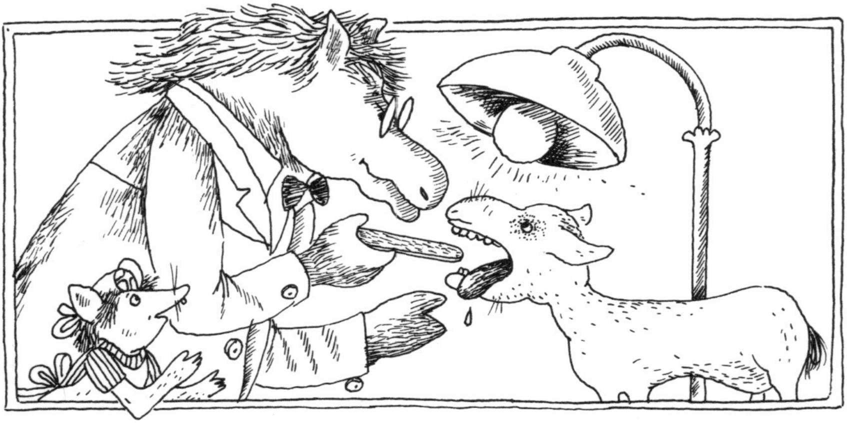

Ein nacktes Schaf

„Der nächste, bitte!“ sagt Doktor Schimmel.

Fräulein Maus macht die Tür auf.

Da springt ein nacktes Schaf herein. Es hustet.

„Sagen Sie nichts, ich bemerke alles“, sagt Doktor Schimmel, „Sie haben Husten! Sie sind allerdings auch zu leicht angezogen. Soviel ich weiß, haben Schafe einen dicken Pelz. Wo haben Sie den gelassen? Warum laufen Sie nackt herum?“

Das Schaf hustet. Es nickt und sagt: „Ganz recht. Ich hatte einen wunderschönen Schafpelz. Ich war überhaupt ein glückliches Schaf. Ich lebte allein und hatte einen großen grünen Rasen für mich. Wenn Menschen vorbeikamen, blieben sie stehen und riefen: ‚Seht das weiße wollige Schaf, welch schönen Pelz hat es!‘ Allerdings wurde ich regelmäßig gewaschen, worauf ich keinen allzu großen Wert legte. Doch danach war ich besonders hübsch, darum will ich mich nicht beklagen. Mein Pelz war dichter und dicker als bei anderen Schafen. Manchmal hätte ich ihn gern ausgezogen, wenn die Sonne drauf brannte. Nachts, wenn es kühler wurde, freute ich mich, daß ich ihn hatte."

„Sie sprechen von Sommertagen", sagt Doktor Schimmel, „jetzt haben wir Herbst. Das schöne Wetter ist vorbei. Jetzt müßten Sie froh über ihren Pelz sein."

„Aber ich habe ihn nicht mehr", jammert das Schaf. „Vor ein paar Tagen ging die Menschenfrau, der ich gehöre, um mich herum. Dann packte sie mich, klemmte mich zwischen ihre Knie, nahm eine Schere, und ehe ich dreimal blöken konnte, war ich meinen Pelz los."

„Echt Mensch! Sie verstehen nie, wie einem Tier zumute ist", sagt Fräulein Maus.

Das Schaf hustet und sagt: „Mir war zum Heulen zumute. Ich kroch unter einen Busch, doch viel Schutz und Wärme fand ich dort nicht. Ich war einzig vor den Blicken der Menschen geschützt, die mich vorher so bewundert hatten."

„Wissen Sie, was aus Ihrem Pelz geworden ist?" fragt Doktor Schimmel.

„Das weiß ich", sagt das Schaf. „Anfangs war er verschwunden. Seit heute morgen sitzt die Menschenfrau am Fenster und strickt. Manchmal hebt sie das Strickzeug hoch und zeigt es mir. Dabei lacht sie. Sie strickt etwas aus meiner Schafwolle.

„Das ist unerträglich“, ruft Fräulein Maus.

Das Schaf nickt und hustet. Es sagt: „Ja, es geht mir sehr nahe.“

Doktor Schimmel überlegt.

Dann sagt er: „Sie dürfen auf keinen Fall im Winter so nackt herumlaufen. Bleiben Sie im warmen Stall!“

„Ich muß sehen, wie ich zurechtkomme“, sagt das nackte Schaf und springt davon.

Im Frühling ist es wieder da.

Es ist kugelrund. Um den Leib trägt es einen gestrickten Überwurf, der unterm Bauch fest verschnürt ist und der fast platzt. Das Schaf schwitzt.

„Sagen Sie nichts, ich bemerke alles“, sagt Doktor Schimmel. „Sie schwitzen, denn Sie sind zu warm angezogen. Draußen scheint die Sonne.“

Das Schaf schnappt nach Luft. Dann sagt es: „Sicher erinnern Sie sich, daß ich im Herbst bei Ihnen war. Damals war ich kahlgeschoren, und ich fror. Sie rieten mir, den Winter über im Stall zu bleiben. Als ich von hier nach Hause kam, lief mir meine Menschenfrau entgegen. Sie rief: ‚Sieh her, was ich für dich gestrickt habe, damit du nicht frierst.‘ Dann hat sie mir dieses Ding umgebunden. Tatsächlich habe ich dann im Winter nicht gefroren.“

„Verstehe ich Sie recht?“ fragt Doktor Schimmel,

2 3 4

„diese Menschenfrau hat Sie geschoren, um Ihnen aus Ihrer eigenen Wolle etwas zu stricken?“

Das Schaf nickt: „Ja, denn sie meint es gut mit mir.“

Doktor Schimmel sagt: „Vielleicht tut sie das. Trotzdem überlegen die Menschen nicht, ob es richtig ist, was sie mit uns Tieren anstellen. Doch was kann ich für Sie tun?“

Das Schaf schwitzt. Es sagt: „Bitte untersuchen Sie mich, ob ich krank bin. Dieses Strickding hat mir im Herbst noch gepaßt. Jetzt drückt es und schnürt mich ein. Ich esse nicht mehr als sonst. Warum bin ich so aufgequollen?“

„Das werden wir gleich haben“, sagt Doktor Schimmel.

Er schnürt den gestrickten Überwurf auf.

Darunter ist der Schafpelz dick und dicht nachgewachsen.

Doktor Schimmel sagt: „Sie haben wirklich ein schönes Fell. Jetzt ist die richtige Zeit, Ihnen die Wolle zu scheren. Nicht im Winter. Sagen Sie das Ihrer Menschenfrau.“

„Das kann ich leider nicht“, sagt das Schaf, „ich spreche nur die Tiersprache. Vielleicht merkt sie es von allein.“

Dann springt es davon.

Ein sanfter Löwe

„Der nächste, bitte!“ sagt Doktor Schimmel.

Dann kriechen er und Fräulein Maus schnell unter den Tisch, denn ein Löwe kommt herein. Es ist der größte Löwe, den sie je gesehen haben.

Der Löwe hebt den Kopf und brüllt.

„Warum brüllen Sie?“ fragt Doktor Schimmel vorsichtig unterm Tisch hervor.

„Ich brülle nicht, ich weine“, sagt der Löwe und brüllt noch einmal.

„Also warum weinen Sie?“ fragt Doktor Schimmel.

Der Löwe sagt: „Weil Sie und die kleine Dame unter den Tisch gekrochen sind, als Sie mich gesehen haben. Alle verstecken sich vor mir. Warum? Ich habe nie jemandem etwas getan.“

„Vielleicht bis jetzt nicht“, sagt Doktor Schimmel. Er steht wieder auf, aber er bleibt in sicherer Entfernung.

„Was kann ich für Sie tun?“ fragt er.

Der Löwe brüllt so laut, daß er wahrscheinlich in Wirklichkeit schluchzt. Er sagt: „Ach, ich bin ein armes Findelkind. Meine arme Mami fiel in eine Grube, als ich kaum ein paar Tage alt war. Ich wäre verhungert, wenn nicht die Leute auf dem komischen Ding gekommen wären. Es hatte vier runde Beine, die liefen nicht, die drehten sich rundherum. Vorn drin war noch ein rundes Bein. Das drehten die Leute, und dann lief das komische Ding mal hierhin und mal dorthin.“

„Das komische Ding war ein Auto mit vier Rädern und einem Lenkrad“, sagt Doktor Schimmel.

„Wenn Sie es sagen, wird es stimmen“, sagt der Löwe. „Also ein Auto. Die Leute in dem Auto waren nett zu mir. Sie gaben mir Milch und ein langes, weiches Ding, das nach Fleisch schmeckte.“

„Das lange, weiche Ding war eine Wurst“, sagt Doktor Schimmel.

„Wenn Sie es sagen, wird es stimmen“, sagt der Löwe. „Eine Wurst. Ich aß fünf Stück davon. Dann schnurrte ich. Ich schnurre immer, wenn ich satt bin. Die Leute streichelten mich und sagten, ich sei eine niedliche kleine Katze. Sie nahmen mich mit. Wir flogen in einem großen Ding, das wie ein Vogel aussah, der seine Flügel nicht bewegen kann. Vor Wut brummte er.“

„Das große Ding war ein Flugzeug“, sagt Doktor Schimmel.

„Wenn Sie es sagen, wird es stimmen“, sagt der Löwe, „es war also ein Flugzeug. Darin kamen wir hierher. Die Leute wohnten in einer Höhle, die so hoch war wie der Himmel. Wir stiegen in ein Ding, und jemand zog uns an einem Strick nach oben.“

„Das Ding war ein Fahrstuhl in einem Hochhaus“, sagt Doktor Schimmel.

„Wenn Sie es sagen, wird es stimmen“, sagt der Löwe, „also ein Fahrstuhl. Ich lebte lange oben in der Höhle. Es war ein schönes Leben. Die Leute waren sehr nett zu mir. Es kamen noch viele andere, die mich sehen wollten. Alle streichelten mich. Dann wurde ich größer. Jetzt streichelte mich niemand mehr. Sie kamen auch nicht mehr zu mir ins Zimmer, sondern schoben mir das Futter durch die Tür. Ich weiß nicht, warum, ich war so zahm wie bisher. Ich mußte weinen. Ich weinte Tag und Nacht.“

„Haben Sie immer so laut geweint wie vorhin?“ fragt Fräulein Maus.

„Noch lauter“, sagt der Löwe. „Nun kommt das Schlimmste. Ich darf gar nicht daran denken. Die Leute warfen mir eine Decke über den Kopf, daß ich nichts sehen konnte. Dann führten sie mich weg. Sie schafften mich vor die Stadt. Dort ließen sie mich laufen und fuhren schnell davon. Seitdem irre ich umher. Wenn ich auftauche, sperren alle Leute die Türen zu. Manche gießen von oben Wasser auf mich, damit ich weglaufe. Andere werfen Steine. Niemand ist nett zu mir. Warum? Ich armes Findelkind!“

Der Löwe weint wieder so laut, daß Fräulein Maus sich die Ohren zuhält.

Doktor Schimmel überlegt.

„Eigentlich gehören Sie in die Wüste, wo Sie herkamen“, sagt er.

„Dort finde ich nie mehr hin“, sagt der Löwe.

„Darum müssen Sie hier eine neue Heimat finden“, sagt Doktor Schimmel. „Können Sie durch einen brennenden Reifen springen? Auf Sektflaschen tanzen? Über ein Seil laufen?“

Der Löwe schüttelt den Kopf.

Doktor Schimmel sagt: „Das habe ich befürchtet. Der Zirkus kommt also für Sie nicht in Frage. Aber vielleicht kann ich Sie im Zoo unterbringen.“

„Laufen die Leute dort weg, wenn sie mich sehen?“ fragt der Löwe.

„Im Gegenteil“, sagt Doktor Schimmel, „die Leute kommen extra dorthin, weil sie einen Löwen sehen wollen.“

„Dann möchte ich in den Zoo“, sagt der Löwe und brüllt.

„Warum weinen Sie schon wieder?“ fragt Fräulein Maus.

„Diesmal habe ich nicht geweint“, sagt der Löwe, „diesmal habe ich vor Freude gebrüllt.“

Eine aufgeregte Eule

„Der nächste, bitte!“ sagt Doktor Schimmel.

Fräulein Maus macht die Tür auf, dann duckt sie sich. An ihrem Kopf vorbei flattert eine aufgeregte Eule.

„Kommen Sie schnell, Herr Doktor, es ist ein Notfall“, krächzt sie.

„Wo?“ fragt Doktor Schimmel.

„Auf der Insel im Fluß“, krächzt die Eule.

Der Doktor greift seine Notfalltasche, und Fräulein Maus läuft mit dem Hörrohr hinterher.

Die Eule flattert voran.

Doktor Schimmel und Fräulein Maus hasten hinterher. Unten am Fluß klettern sie in ein Boot. Doktor Schimmel paddelt eilig zur Insel. Fräulein Maus bedient das Steuer. Die Eule sitzt vorn auf dem Bug. „Erzählen Sie, worum es sich handelt, während wir unterwegs sind", sagt Doktor Schimmel.

Die Eule berichtet: „Ich hatte heute die Nachtwache am Waldrand, das haben wir Tiere so ausgemacht. Als es dämmerte, hörte ich Stimmen. Sofort lauschte ich, wer es war. Wenn es ein Feind ist, muß ich nämlich die anderen warnen. Doch es war nur eine kleine Gesellschaft von lustigen Tieren. Sie hatten auf der Lichtung gefeiert. Vielleicht hatten sie zuviel getrunken. Jedenfalls fanden sie nicht mehr nach Hause. Ich sah, wie sie umherirrten. ‚Heda', rief ich ihnen zu, ‚vielleicht kann ich euch helfen. Sagt mir, wer ihr seid, und ich sage euch, wohin ihr gehört.' Da war zuerst die freche Wasserratte. Nun, sie gehörte ins Wasser. Dann die niedliche Bachstelze. Keine Frage, sie gehörte an den Bach. Die Sumpfotter? In den Sumpf. Die Feldlerche? Auf das Feld. Nach und nach schickte ich alle Tiere nach Hause. Aber da war noch jemand. Das kleine Tier war vollkommen durcheinander. Es brachte kein ganzes Wort heraus. ‚Wie heißt du?' fragte ich immer wieder, und es sagte: ‚MEER . . .' und noch etwas. Na ja, zum Meer ist es ziemlich weit, doch ich dachte: ‚Ordnung muß sein.' Ich packte das kleine Tier und erhob mich in die Luft. Sofort strampelte es wie verrückt. Ich rief: ‚Hör auf, sonst kann ich dich nicht halten!' Aber es hörte nicht auf. Es zappelte immer weiter. Schließlich rutschte es aus meinen Fängen. Wir waren grade hier

über dem Fluß. Platsch – fiel es ins Wasser. ‚Gut‘, dachte ich, ‚dann soll es allein ins Meer schwimmen.‘ Ich wollte abdrehen, als ich es schreien hörte. Es schrie: ‚Hilfe, ich ertrinke!‘ Was blieb mir anderes übrig? Ich stieß nach unten, fischte es aus dem Wasser und brachte es auf die Insel. Da lag es und japste. Ich dachte: ‚Merkwürdig, ein Meerestier, das fast ertrinkt, wenn es naß wird?‘ Es schien mir ein Notfall zu sein. Darum bin ich zu Ihnen gekommen, Herr Doktor.“

„Nun, wir werden sehen“, sagt Doktor Schimmel und springt aus dem Boot, denn soeben sind sie angelangt.

Er eilt auf das kleine Tier zu.

Die Eule und Fräulein Maus eilen hinterher.

„Wie geht es ihm?“ fragt die Eule aufgeregt.

Doktor Schimmel gibt keine Antwort. Er dreht das

kleine Tier hin und her und schüttelt den Kopf. Dann holt er aus seiner Tasche eine gute Medizin. Davon muß das kleine Tier zehn Tropfen einnehmen. Außerdem bekommt es noch drei rote Pillen.

Bald danach sitzt es in der Sonne und putzt sich.

Doktor Schimmel sagt: „Kein Wunder, daß es fast ertrunken ist. Es ist nämlich gar kein Meerestier."

„Was ist es dann?" fragt die Eule.

„Ich bin ein Meerschweinchen", sagt das kleine Tier.

Die Eule überlegt eine Weile. „Das verstehe ich nicht", sagt sie, „wenn ein Meerschweinchen kein Meerestier ist, sondern auf dem Land lebt, warum nennt es sich dann nicht Landschweinchen?"

Eine unglückliche Schwalbe

„Der nächste, bitte!“ sagt Doktor Schimmel.

Fräulein Maus macht die Tür auf und sagt noch einmal: „Der nächste, bitte!“

Da fliegt eine Schwalbe herein.

„Was fehlt Ihnen?“ fragt Doktor Schimmel. Er muß es dreimal fragen, denn die Schwalbe hört nicht.

Sie schluchzt: „Ich bin so unglücklich.“

„Darum sind Sie doch kaum hier“, sagt Doktor Schimmel, „oder sind Sie unglücklich, weil Ihnen etwas weh tut? Wo tut es weh?“

„Mein Herz“, sagt die Schwalbe.

Doktor Schimmel untersucht die Schwalbe und sagt: „Das Herz ist in Ordnung.“

„Mein Herz tut so weh“, schluchzt die Schwalbe, „mein Mann hat eine andere Schwalbe geheiratet.“

„Aber warum kommen Sie damit zu mir?“ fragt Doktor Schimmel.

„Ich weiß nicht, wie ich den kalten Winter hier überstehen soll?“ weint die Schwalbe, „denn ich will nicht mit nach Afrika fliegen.“

„Das ist ungewöhnlich für eine Schwalbe“, sagt Doktor Schimmel. „Aber wenn Sie Kummer mit Ihrem Mann haben, kann ich es verstehen. Am besten suchen Sie sich einen warmen Heizungskeller.“

Die Schwalbe schluchzt lauter als bisher.

Plötzlich ruft Fräulein Maus: „Herr Doktor, draußen vor dem Fenster fliegt eine andere Schwalbe umher. Sie sieht dauernd ins Fenster. Vielleicht will sie herein.“

„Dann machen Sie das Fenster auf“, sagt Doktor Schimmel, und nachdem Fräulein Maus aufgemacht hat, fliegt ein Schwalbenmann herein. Er zwitschert aufgeregt: „Wo ist sie?“

„Wer?“ fragt Doktor Schimmel.

„Meine Frau“, zwitschert der Schwalbenmann, „glauben Sie ihr kein Wort. Nichts ist wahr, was sie behauptet. Sie bildet sich alles nur ein.“

„Ihre Frau behauptet, Sie hätten eine andere Schwalbe geheiratet“, sagt Doktor Schimmel.

„Dieser Schuft“, schluchzt die Schwalbe.

Der Schwalbenmann sagt: „Das hat sie sich in den

Kopf gesetzt, seit ich diesen Ring hier trage. Sie will mir nicht glauben, wie ich dazu gekommen bin.“

„Alle Männer tragen so einen Ring, wenn sie heiraten“, fährt die Schwalbe dazwischen.

„Nur Menschenmänner tun das“, sagt der Schwalbenmann.

„Ich bin ganz anders zu dem Ring gekommen. Das hat nichts mit heiraten zu tun.“

Doktor Schimmel sagt: „Dann erzählen Sie uns bitte, wie das geschehen ist.“

Der Schwalbenmann erzählt: „Es war vorgestern abend. Meine Dame hier hatte Appetit auf ein paar Mücken. Also flog ich davon, um ihr welche zu fangen. Plötzlich geriet ich in ein Netz. Ich konnte mich nicht allein befreien und zappelte die ganze Nacht darin. Gegen Morgen kam ein Mensch. Er streifte mir diesen Ring über das Bein und ließ mich fliegen. Meine Frau, die lange auf mich gewartet hatte, empfing mich mit Vorwürfen. Und seitdem ist sie mir böse. So war es und nicht anders.“

Doktor Schimmel sieht sich den Ring genau an.

Dann sagt er zu der Schwalbe: „Sie können Ihrem Mann jedes Wort glauben. Menschen machen so etwas. Sie wollen wissen, wohin die Vögel im Winter fliegen. Wenn ein Mensch in Afrika den Ring mit der Adresse findet, gibt er dem Menschen hier Nachricht. Das ist alles.“

Da zwitschert die Schwalbe: „Oh, wie dumm ich gewesen bin! Und wie froh bin ich jetzt!“

Der Schwalbenmann sagt: „Komm, wir machen uns gleich auf die Reise, denn es ist höchste Zeit. Aber wir werden uns gut verstecken. Die Menschen brauchen nicht zu wissen, wo wir Winterferien machen.“

„Guten Flug“, ruft Doktor Schimmel.

Und Fräulein Maus ruft hinter den Schwalben her: „Bitte, fliegen Sie vorsichtig!“

Ein langhaariger Rassehund

„Der nächste, bitte!“ sagt Doktor Schimmel.

Fräulein Maus schiebt einen Haufen Haare durch die Tür.

„Na, na“, sagt Doktor Schimmel, „ist das etwa Ihre Perücke?“

„Es ist ein Patient“, piepst Fräulein Maus.

Doktor Schimmel geht ein paarmal um die Haare herum. Dann hebt er eine Strähne an und sagt: „Machen Sie den Mund auf, und sagen Sie aaa!“

Von der anderen Seite kommt aus dem Haarhaufen eine Stimme: „Wie kann ich dort aaa sagen, wo mein Schwanz ist?“

„Verzeihung“, sagt Doktor Schimmel, „warum sind Sie hier?“

„Ich bin blind“, sagt der Haarhaufen.

Doktor Schimmel sucht in dem Haarhaufen nach den Augen. Da beißt ihn der Haarhaufen in die Hand.

„Lassen Sie sofort meinen Finger los“, ruft Doktor Schimmel.

Der Haarhaufen sagt: „Ich dachte, es war eine Banane. Ich kann ja nicht sehen.“

Doktor Schimmel sagt: „Ich glaube, ich weiß, warum Sie blind sind. Und ich weiß auch, wie ich Ihnen helfen kann.“

„Na, hoffentlich“, sagt der Haarhaufen.

„Ich muß allerdings schneiden“, sagt Doktor Schimmel.

Da wogen alle Haare durcheinander, und der Haarhaufen schreit: „Nein, nein, nein, nicht schneiden!“

Doktor Schimmel kümmert sich nicht um das Geschrei. Er gibt dem Haarhaufen eine Spritze, da ist der still.

Fräulein Maus legt die Instrumente bereit.

Doktor Schimmel nimmt die Schere und schneidet die erste Haarsträhne ab. Dann die zweite und dann immer mehr.

Erst kommen die Ohren zum Vorschein, dann die Beine, dann der Schwanz, der Rücken und der Bauch. Schließlich der Kopf mit der Schnauze und zuletzt die Augen.

Auf dem Tisch liegt ein kahlgeschorener Hund.

HINTEN
VORN
1o PREIS
1. PREIS
1 PREIS

Auf dem Boden liegt ein Berg Haare.

„Fertig“, sagt Doktor Schimmel und kippt kaltes Wasser über den Hund. Der macht die Augen auf.

„Ich kann sehen! Ich sehe wieder!“ ruft der Hund. Er sieht sich nach allen Seiten um und sagt: „Was will dieser andere Hund hier?“

„Welcher andere Hund?“ fragt Fräulein Maus erstaunt.

„Der da“, sagt der Hund und zeigt auf den Berg Haare.

„Das sind doch Ihre Haare“, sagt Fräulein Maus und kichert.

Der Hund sieht an sich herunter, fährt sich mit den Pfoten über den Kopf und springt vor den Spiegel.

Dort starrt er hinein und flüstert: „Jetzt ist alles aus, ich bin verhunzt!“

„Das will ich nicht sagen“, meint Doktor Schimmel. „Sie haben sich etwas verändert, das stimmt schon. Aber Sie können wieder sehen, das ist die Hauptsache.“

„Die Hauptsache ist, daß ich wieder Haare bekomme“, schreit der Hund. „In drei Wochen ist Hundeausstellung. Ich will den großen Preis erringen! Sorgen Sie dafür, daß meine Haare bis dahin wieder nachgewachsen sind!“

„Aber Sie werden wieder blind sein“, sagt Doktor Schimmel.

„Das ist mir egal“, ruft der Rassehund.

„Wie Sie wollen“, sagt Doktor Schimmel und holt aus seinem Arzneischrank eine Flasche Haarwasser.

Er sagt: „Dieses Mittel ist besonders wirksam. Ihre Haare werden dichter und länger als zuvor. Reiben Sie sich pünktlich alle zehn Minuten damit ein. Ich verspreche Ihnen, daß Sie alle anderen Hunde ausstechen werden. Auch wenn Sie nichts davon sehen.“

Der Hund ruft: „Geben Sie schnell her! Ich will gleich anfangen!“

Dann saust er mit der Flasche davon.

Ein durchgedrehter Kater

„Der nächste, bitte!“ sagt Doktor Schimmel.

Als Fräulein Maus die Tür aufmacht, taumelt ein Kater herein. Er dreht sich ein paarmal um sich selbst. Dabei reißt er Fräulein Maus fast um.

Der Kater jault in den höchsten Tönen.

Fräulein Maus hält sich die Ohren zu und stöhnt: „Schrecklich.“

„Er braucht eine Beruhigungsspritze“, sagt Doktor Schimmel.

Danach liegt der Kater zwar ruhig auf dem Rücken, aber er singt immer noch ebensolaut.

„Das ist nicht auszuhalten“, jammert Fräulein Maus.

„Würden Sie bitte nicht mehr singen“, sagt Doktor Schimmel.

„Jiau, jiau, ich singe, denn ich bin ein großer Sänger“, jault der Kater.

„Alles schön und gut“, sagt Doktor Schimmel. „Aber darum sind Sie sicher nicht hergekommen.“

„Ich bin hier, weil mir so schrecklich schwindlig geworden ist, aber das hat sich gelegt, ich kann wieder gehen“, sagt der Kater.

Doktor Schimmel sagt: „Das liegt nur an der Spritze. Wenn ich Ihnen auf die Dauer helfen soll, müssen Sie mir erzählen, wovon Ihnen so schwindlig wurde.“

„Jiau, jiau“, sagt der Kater, „wie ich bereits sagte, bin ich ein großer Sänger. Ich bin mindestens dreimal besser als alle Sänger, die im Fernsehen auftreten. Das möchte ich endlich beweisen, jiau, jiau. Aber wie kommt man in einen Fernseher hinein? Die Dinger sind vorn und hinten zu! Vorn ist dickes Glas, und hinten sind zehn feste Schrauben! Ganz zufällig entdeckte ich gestern einen Fernseher, der offenstand. Ich dachte: ‚Jiau, jiau, nichts wie hinein, jetzt schlägt deine große Stunde.‘ Dann machte ich das Glasfenster hinter mir zu. Innen lag weiches Zeug, auf dem ich es mir bequem machte, denn nun mußte ich abwarten. Schließlich weiß ich mit Fernsehern Bescheid. Ehe gesungen wird, kommt jemand und stellt das Programm ein. Ich brauchte nicht lange zu warten. Schon erschien eine Hand und drückte zwei oder drei Knöpfe. Es geht los, dachte ich und holte tief Luft. Jiau, jiau, ich wollte mei-

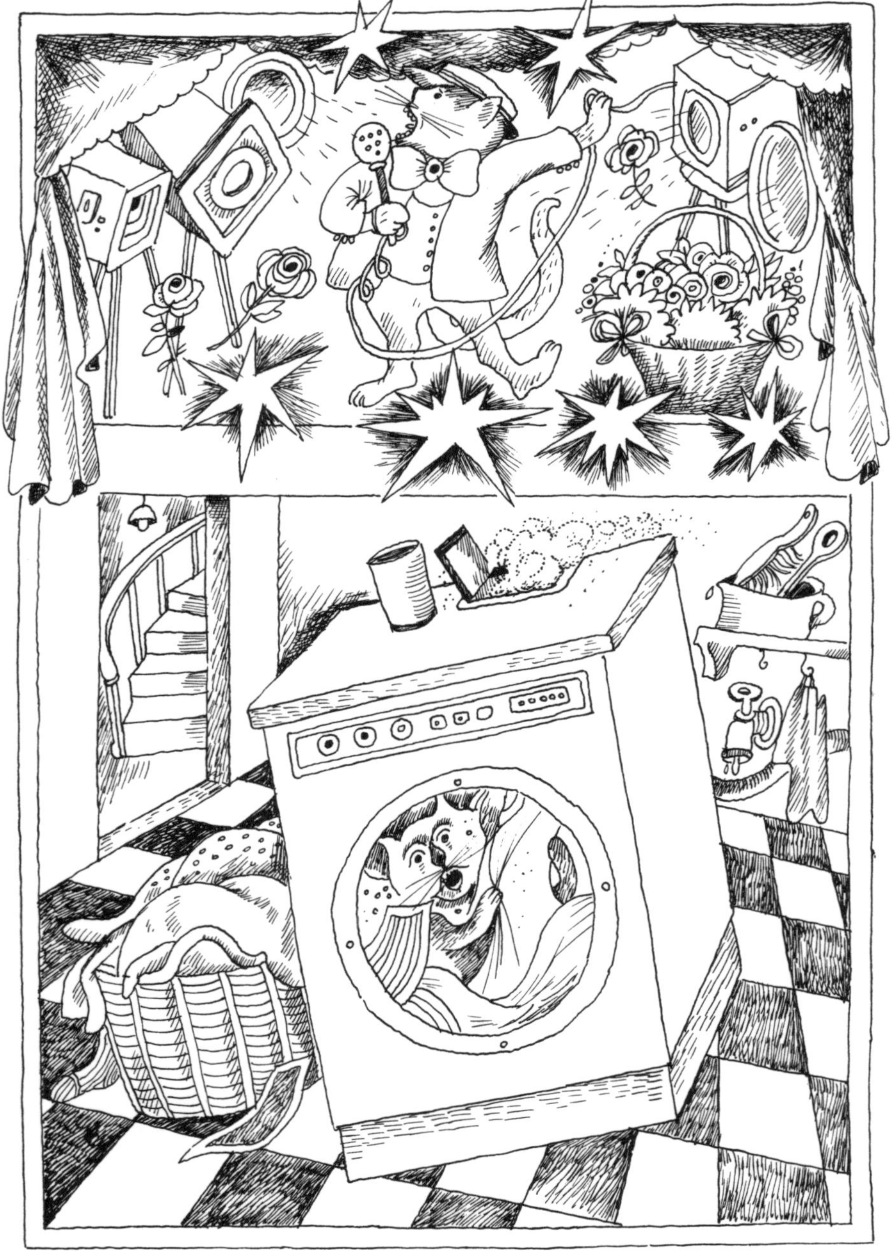

nen ersten Ton von mir geben, da kam ein Wasserschwall über mich. Zugleich wiegte sich das weiche Zeug, auf dem ich saß, hin und her. Da ich mich auskenne, wußte ich sofort: Dies wird eine Sendung mit Seemannsliedern. Ich sang also so laut und so schön, wie ich konnte, ‚jiau, jiau, jiau'."

„Danke, wir wissen, daß Sie ein Sänger sind", sagt Doktor Schimmel, „erzählen Sie weiter."

Der Kater sagt: „Dann wurde es eine lustige Sendung. Mir flogen Lappen auf den Kopf und auf die Schultern. Ich weiß, wie merkwürdig die Sänger im Fernsehen angezogen sind. Darum kam ich mir sehr schick vor. Ich mußte mich mächtig ranhalten, denn das Tempo wurde immer schneller. Ich sang und sang und sang, jiau, jiau, jiau."

„Genug, bitte weiter", sagt Doktor Schimmel.

„Dann kam etwas Schreckliches", sagt der Kater, „plötzlich drehte sich alles rasend schnell um mich. Die Lappen und ich flogen kopfüber-kopfunter, kopfunterkopfüber. Es nahm kein Ende. Und dabei mußte ich weitersingen! Schließlich konnte ich nicht wissen, ob das Programm schon zu Ende war. Und das Drehen hörte nicht auf! Das einzige Gute war, daß ich dabei trocken wurde. Dann riß eine Hand das Glasfenster auf, packte mich mitsamt den Lappen und stopfte uns in einen Korb. Von dort konnte ich entwischen, jiau, jiau."

„Da haben Sie Glück gehabt, es hätte schlimmer ausgehen können“, sagt Doktor Schimmel.

„Noch schlimmer?“ fragt der Kater. „Seither ist mir schwindlig, und ich kann nicht mehr gradestehen. Ist das nicht schlimm genug?“

Doktor Schimmel sagt: „Denken Sie eine Zeitlang nicht ans Fernsehen, und gehen Sie viel ins Freie, vielleicht auf den Hof oder auf die Straße, dann gibt sich der Schwindel.“

„Dann werde ich eben Straßensänger, jiau, jiau!“ sagt der Kater und schwankt hinaus.

Fräulein Maus sagt: „Das war aber ein seltsamer Fernseher, in dem der Kater gesessen hat!“

„Es war gar kein Fernseher“, sagt Doktor Schimmel, „es war eine Waschmaschine.“

Eine verknotete Schlange

„Der nächste, bitte!“ sagt Doktor Schimmel.

Fräulein Maus macht die Tür auf.

Da kriecht eine lange Schlange herein. Sie hat in der Mitte einen Knoten.

„Helfen Sie mir, Herr Doktor“, zischelt die Schlange, „mir bleibt jeder Bissen im Hals stecken.“

„Wie konnte das geschehen?“ fragt Doktor Schimmel.

„Eine Wespe hat mich geärgert“, zischelt die Schlange, „sie ist vor meiner Nase herumgeschwirrt. Ich kann diese herumschwirrenden Biester nicht leiden, ich hasse sie, sie sind mir zuwider. Ich habe mich gedreht und gewunden, um der frechen Wespe zu entgehen. Und plötzlich war der Knoten da.“

„Das werden wir gleich haben“, sagt Doktor Schimmel, „ich werde Sie jetzt entknoten. Bitte, entspannen Sie sich. Machen Sie sich ganz weich!“

„Jawohl, ganz weich“, zischelt die Schlange.

Doktor Schimmel packt die Schlange vorn und hinten und versucht, den Knoten zu lösen.

Die Schlange ringelt und kringelt sich.

„Ich bin kitzlig“, zischelt sie.

Doktor Schimmel läßt los. Da hat die Schlange einen zweiten Knoten dicht hinter dem ersten.

„So geht es nicht, wir müssen es anders versuchen“, sagt Doktor Schimmel.

„Jawohl, anders“, zischelt die Schlange.

„Wir werden es gleich haben“, sagt Doktor Schimmel, „jetzt schieben wir den Knoten auf. Machen Sie sich bitte ganz steif.“

„Jawohl, ganz steif“, zischelt die Schlange.

Doktor Schimmel packt ihren Kopf, und er bittet Fräulein Maus, den Schwanz von der Schlange zu packen.

„Um gar keinen Preis“, piepst Fräulein Maus, „denn Schlangen sind giftig.“

„Diese hier nicht, und schon gar nicht am Schwanz“, sagt Doktor Schimmel.

Da faßt Fräulein Maus vorsichtig den Schlangenschwanz an.

„Nun schieben wir“, sagt Doktor Schimmel, „wir schieben die Knoten auf.“

A
B
C
D
HUND

„Schieben, jawohl“, zischelt die Schlange.

Leider ist sie am Kopf und am Schwanz noch viel kitzliger.

Sie schlägt um sich. Doktor Schimmel fällt nach links um, und Fräulein Maus kullert nach rechts.

Die Schlange aber hat einen dritten Knoten, zwischen dem ersten und dem zweiten.

Doktor Schimmel steht auf. Er wischt sich den Schweiß von der Stirn.

„Es ist schwieriger, als ich dachte“, sagt er.

„Jawohl, schwieriger“, zischelt die Schlange.

„Bitte machen Sie das Fenster auf, uns ist allen heiß geworden“, sagt Doktor Schimmel zu Fräulein Maus.

„Heiß, jawohl“, zischelt die Schlange.

Fräulein Maus öffnet das Fenster.

Da summt ein dicker Brummer herein.

„Ekelhaft“, zischelt die Schlange, „ich kann diese herumsummenden, brummenden Biester nicht leiden, ich hasse sie, sie sind mir zuwider.“

Doch der Brummer hat es auf sie abgesehen. Er kreist um ihre Nase, er wandert über ihren Hals, er flitzt von der Schwanzspitze zum Kopf und wieder zurück.

Die Schlange will ihn erwischen.

Sie bäumt sich auf. Sie schlägt um sich.

Sie fegt mit dem Schwanz alle Rezepte vom Tisch.

Sie zerschlägt den Spiegel.

Sie wischt Fräulein Maus unter den Schrank.

Sie klatscht Herrn Doktor Schimmel um die Beine und auf den Kopf. Und mit einmal ist ein Knoten weg. Dann noch einer und dann der dritte.

Die Schlange schnappt sich den Brummer und verschlingt ihn.

„Er bleibt mir nicht im Hals stecken, er rutscht hinunter", zischelt sie, „bedeutet das etwa . . .?"

„Ganz richtig", sagt Doktor Schimmel, „Sie sind entknotet."

„Vielen Dank", zischelt die Schlange und schlängelt hinaus.

„Der nächste, bitte!" sagt Doktor Schimmel.

„Der nächste, bitte! Hören Sie denn nicht?" piepst Fräulein Maus.

Doch es ist niemand mehr da. Das Wartezimmer ist leer.

„Dann wollen wir uns jetzt ausruhen", sagt Doktor Schimmel, „denn es war ein anstrengender Tag."